COLECIONADOR DE PEDRAS

SÉRGIO VAZ
COLECIONADOR DE PEDRAS

APRESENTAÇÃO — FERRÉZ

global editora

© Sérgio Vaz, 2011

2ª Edição, Global Editora, São Paulo 2013
3ª Edição, Global Editora, São Paulo 2021
2ª Reimpressão, 2023

Jefferson L. Alves – diretor editorial
Gustavo Henrique Tuna – gerente editorial
Flávio Samuel – gerente de produção
Juliana Campoi – coordenadora editorial
Thalita Pieroni – revisão
Mauricio Negro – capa
Ana Claudia Limoli – projeto gráfico

Dados Internacionais de Catalogação na Publicação (CIP)
(Câmara Brasileira do Livro, SP, Brasil)

Vaz, Sérgio, 1964-
    Colecionador de pedras / Sérgio Vaz ; Apresentação - Ferréz. –
3. ed. – São Paulo : Global Editora, 2021.

    ISBN 978-65-5612-094-2

    1. Poesia brasileira I. Ferréz. II. Título.

21-54873   CDD-B869.1

Índice para catálogo sistemático:
1. Poesia : Literatura brasileira B869.1

Aline Graziele Benitez - Bibliotecária - CRB-1/3129

Obra atualizada conforme o
NOVO ACORDO ORTOGRÁFICO DA LÍNGUA PORTUGUESA

Global Editora e Distribuidora Ltda.
Rua Pirapitingui, 111 – Liberdade
CEP 01508-020 – São Paulo – SP
Tel.: (11) 3277-7999
e-mail: global@globaleditora.com.br

- globaleditora.com.br
- @globaleditora
- /globaleditora
- @globaleditora
- /globaleditora
- /globaleditora
- blog.grupoeditorialglobal.com.br

Direitos reservados.
Colabore com a produção científica e cultural.
Proibida a reprodução total ou parcial desta
obra sem a autorização do editor.

Nº de Catálogo: **2882**

À minha família, tudo.
À Cooperifa, todo sangue do meu corpo.
Ao tempo, por me esperar.
É tudo nosso!

É preciso sugar da arte
um novo tipo de artista: o artista cidadão.
Aquele que na sua arte
não revoluciona o mundo,
mas também não compactua com
a mediocridade
que imbeciliza um povo
desprovido de oportunidades.
Um artista a serviço da comunidade, do país.
Que armado da verdade, por si só,
exercita a revolução.

O Manifesto, Sérgio Vaz

Sumário

Procura-se poeta – *Ferréz* 13

Porém 19

Felicidade? 23

Fotografias 25

O Milagre da Poesia 27

O Colecionador de Pedras 29

Morro das Nuvens (Jd. Leme) 31

42 Gramas 33

Gente Miúda 35

Pontualidade 37

Um Dia 39

Paz (ETA mundo estranho...) 41

Ornitorrinco 43

Oração dos Desesperados 45

Memorial das Almas 47

Consciência e Atitude 49

Banquete Lírico 55

Cal Max.. 59
Pétala Preta... 61
Felicidade (era um lugar...).............................. 63
Náufrago.. 65
Os Souza.. 67
Ultraman... 69
A Cerca.. 71
Os Miseráveis... 77
O Peregrino.. 79
A Casa do Poeta... 81
Infância... 83
Musa.. 85
Linhas Tortas.. 87
Beijo de Volta... 89
Pássaro de Seda.. 91
Túnel do Tempo... 93
Viagem.. 95
Contramaré... 97
Um Sonho... 99
Jorginho.. 101
Este Ser Mulher.. 105
Poeminha da Saudade...................................... 107
Metamorfose... 109
Fanatismo.. 111
Aristeu, Otorrino.. 117
Dona Xepa... 123
Farrapos (gente feliz)....................................... 125
Bala Perdida.. 127
Insônia.. 129
Curvas Obscenas.. 131
Feliz Natal.. 133
Omissão... 137

Madalena	139
Inimigo Íntimo	141
Inferninho	143
Perna de pau	145
Pé de moleque	147
Pé de pato	149
Eu te Amo	155
Taboão da Serra	157
Vingança	161
A Guerra dos Botões	165
Quando te Vi	167
Ruas Selvagens	173
A Inveja	175
Romeu e Julieta	177
Sabotage (o invasor)	179
Renilda de seu Francisco	181
Receita Para um Novo Dia	183
Quintal	185
Amigo	187
Procura-se	189
Ócio Duro de Roer	191
Nada a Declarar	195
Língua	197
Juju Carabina	201
Fé	203
Espermatozoides	205
Amanhecer	207
De Quatro Estações	209
Cotidiano	211
Cinzas	213
Conta Comigo	215
Caminho Suave	217

Brilho	219
Brasinhas do Espaço	221
Brasil	223
Blues das Estrelas	225
Bengalas e Muletas	227
Bênção	229
Aquarela	231
Ao Mestre, a Flor	233
Anjo Torto	235
Acordar	237
A Última Dose	239
Segredos Noturnos	241
Barbie	245
Coisas da Vida (terra em transe)	247
João Cândido (a chibata da revolta)	249
Mãos & Pedras	251
Maria das Dores	253
Miltinho	255
Pra Sempre	257
Irmãos Guerreiros de Angola	259
Liberdade	261
Despedida	265

Procura-se poeta

Um copo de café com leite para iniciar o dia no front.

Um corpo já preparado com várias cargas de realidade.

E nada mais do que isso é preciso para o traficante de informação correr o risco de ser preso por porte ilegal de poesia.

O nome na patente do guerreiro cultural da periferia é Sérgio Vaz.

E daqui a alguns minutos ele irá guerrear pelas palavras, onde poetas geralmente não vão, em mais uma base cultural periférica, chamada popularmente de escola.

O pai não foi embaixador, e não estimulou o filho a fazer um curso de direito, muito menos engenharia.

A mãe não foi socialite, nem deu ao filho algum sobrenome que desse status.

Mesmo assim, acredita se quiser, esse cara vai teimar em mexer com palavras no futuro.

Não as palavras que ocupam a placa pendurada no varal da barraca do feirante, nem a da caixa de isopor onde se lê "vende-se coxinhas".

Ele não tocará em palavras que enchem o nosso país de hipócritas leis, muito menos gastará algumas delas em algum discurso moralista inútil.

Ele as lapidará, as recolherá no caos cotidiano em que, de brinde, vem junto o sangue e também o sorriso.

Observará, e num momento de loucura vai jogá-las numa folha, e nessa folha você vai ler, que junto com a pistola vem a linha sendo desenrolada da lata e um menino mandando busca em outra pipa no céu quase não visível pela altura dos barracos.

Não somos um bloco, não somos iguais, e a palavrarma de Sérgio Vaz prova isso.

Como ter um traço nosso e ao mesmo tempo não se afastar do que está sendo produzido no mundo?

Como procurar uma identidade própria e ao mesmo tempo representar outros pontos de vista? Só colecionando pedras que nos aparecem pelo caminho.

No meio de uma terra devastada pela canalhice plantada há tantos anos, alguém quer semear a poesia e certamente colherá incompreensão.

Os pensamentos vadios do poeta se disseminam quando vê que subindo a ladeira mora a noite, e na margem do vento numa rua de terra ele lê a poesia dos deuses inferiores.

Se outros poetas pedem silêncio, ele pede mais barulho.

Se outros escritores pedem paz, ele quer é guerra.

Por favor, não repasse a ninguém os livros desse homem que não quer ser mais um na imensa massa manipulada pelos patronos.

Isso pode acarretar algum crime, se não hoje, talvez amanhã.

Siga um conselho: os poemas de Sérgio Vaz estarão mais seguros na sua memória.

Ferréz*

---

* Autor de *Capão pecado*, *Manual prático do ódio*, *Amanhecer Esmeralda*, *Ninguém é inocente em São Paulo* e *Deus foi almoçar*.

As pedras não falam,

mas quebram vidraças.

Porém

Queria ter vivido melhor,
porém a mediocridade sempre me foi farta
e generosa nos caminhos que escolhi para viver.

Queria ter sido mais alegre,
porém a tristeza sempre foi companheira fiel
nos dias intermináveis de abandono.

Queria ter amado mais as pessoas que conheci
ou que fingi conhecer,
porém, na maioria das vezes,
eu também não me conhecia.

Queria ter andado mais livre,
porém, algemado à ignorância, perdi muito
tempo tentando voar sem sequer saber andar.

Queria ter lido mais livros,
porém, analfabeto de ousadia, passei

muitos anos enxergando pelos olhos
adormecidos de outras pessoas.

Também queria ter escrito mais poemas
do que bilhetes pedindo desculpas,
porém as palavras sempre me vieram
como culpa e quase nunca como estrelas.

Queria ter roubado mais beijos e abraços
das meninas que andavam desprotegidas,
protegidas pela magia da infância,
porém cresci muito cedo e a timidez sempre
me foi uma lei muito severa a ser cumprida.

Queria ter pensado menos no futuro,
porém o passado simples
nunca foi o melhor presente
e a eternidade sempre me pareceu coisa de gente
que tem preguiça de viver.

Queria ter sido um homem mais humilde,
porém a vaidade e a ganância sempre
me cercaram de mimos e coisas que até hoje
não sei pra que serviram.

Queria ter pregado mais a paz,
porém, como um covarde, gastei muita munição
tentando atingir amigos e desconhecidos
que não usavam coletes à prova de balas
nem blindados no coração.

Queria ter sido mais forte,
porém rir dos vencidos e bajular os mais ricos

sempre me pareceu o caminho mais curto
para o esconderijo secreto das minhas fraquezas.

Queria ter dito mais a verdade,
porém a mentira sempre foi moeda de troca
para comprar o respeito e a admiração
das pessoas fúteis de almas vazias.

Queria que o mundo fosse mais justo,
porém, avarento de nascença, fui o primeiro
a esconder o sol na palma da mão,
antes que o vizinho o fizesse,
e mesquinho por vocação
escondi as noites com lua
para que os poetas não a cortejassem.

Queria ter dito mais besteiras,
porém fui desses idiotas amantes
das proparoxítonas e sujeito oculto
nos bate-papos de botecos de esquinas,
onde a vida não acontece por decreto.

Queria ter colhido mais flores,
porém o medo de espinhos
afugentou a primavera e,
outono que sempre fui,
plantei inverno quando a terra pedia verão.

Hoje, queria ter acordado mais cedo,
porém temo que, pra mim,
seja tarde demais.

Felicidade?

Disse o mais tolo:
— Felicidade não existe.

O intelectual:
— Não no sentido lato.

O empresário:
— Desde que haja lucro.

O operário:
— Sem emprego, nem pensar!

O cientista:
— Ainda será descoberta.

O místico:
— Está escrito nas estrelas.

O político:
— Poder.

A igreja:
— Sem tristeza? Impossível... (amém).

O poeta riu de todos,
e foi feliz por alguns minutos.

Fotografias

Há ventos
que nos trazem pessoas
no reflexo do tempo
e mesmo à distância
perpetuam no pensamento.
São fotografias
que a saudade
terá sempre os negativos
revelados na memória.

Há pessoas
que nos trazem ventos
no reverso do tempo
preso às substâncias
revelando sentimentos.
São maravilhas
que a sinceridade
terá sempre os positivos
relatados na história.

O Milagre da Poesia

Sou poeta
e como poeta posso ser engenheiro,
e como engenheiro
posso construir pontes com versos
para que pessoas possam passar sobre rios
ou apenas servir de abrigo aos indigentes.

Sou poeta
e como poeta posso ser médico,
e como médico
posso fazer transplantes de coração
para que pessoas amem novamente
ou simplesmente receitar poemas
para tristezas com alergias
e alegrias sem satisfação.

Sou poeta
e como poeta posso ser operário,

e como operário
posso acordar antes do sol e dar corda no dia,
e quando a noite chegar, serena e calma,
descansar a ferramenta do corpo
no consolo da família —
autopeças de minha alma.

Sou poeta
e como poeta posso ser assassino,
e como assassino posso esfaquear os tiranos
com o aço das minhas palavras
e disparar versos de grosso calibre
na cabeça da multidão
sem me preocupar com padre, juiz ou prisão.

Sou poeta
e como poeta posso ser Jesus,
e como Jesus
posso descrucificar-me
e sem os pregos nas mãos e os fanáticos nos pés
andar livremente sobre terra e mar
recitando poesia em vez de sermão.

Onde não tiver milagres,
ensinar o pão.
Onde faltar a palavra,
repartir a ação.

O Colecionador de Pedras

Pedro
nasceu em dia de chuva
no ventre da tempestade:
Deus deu-lhe a vida,
a mãe, luz e pele escura.
Dona Ana era jardineira,
plantava flores sobre pedras.
O pai, espinho de trepadeira,
apenas doou o esperma.
Pedra preciosa,
foi recebido pelo destino
com quatro pedras na mão.
A fome, de forma desonrosa,
transformou em homem o menino
que brincava com os pés no chão.
Por causa da pobreza
(a pedra do seu sapato)
vendeu pedra de gelo

com gosto de chocolate.
Humilde,
mas só se curvou de joelhos
quando foi engraxate.
Pedra lascada,
construiu edifícios,
varreu ruas, escreveu poemas.
Mestre sem nenhum ofício,
tornou-se pedregulho
no rim do sistema.
Rocha,
onde a vida queria grão de areia,
o poeta canta sua dor,
rima a dor alheia
e sem deixar pedra sobre pedra
do rancor,
o amor ele sampleia.

Morro das Nuvens
(Jd. Leme)

No coração das nuvens
a pátria se esconde
atrás da cortina de madeira.

Mas os homens,
das casas simples
e almas bravias,
mantêm as portas abertas
e as vidraças limpas
para o deleite do amanhecer.

Ferida aberta, a vida —
essa nuvem passageira
cortada em fatias —
deixa sempre a parte menor
pra quem acorda
perto do anoitecer.

42 Gramas

A vida que pesa uma tonelada
perde um beija-flor na hora da morte.
Não importa a distância do voo
— 21 gramas a menos —
o corpo se despede da alma.
Há quem diga
que é muito pouco
e que o espírito pesa mais.
Que sei eu sobre isso? Nada.
Sou passarinho longe da gaiola
que não sabe contar os dias,
poeta pequenininho
que junta letras com asas
num caldeirão vazio de papel.
Fora isso,
sei que o poema
tem o peso da eternidade
mas nunca envelhece.

E se morre,
no coração de quem lê,
sua alma
tem 21 gramas a mais.

Gente Miúda

Daniel não tinha documentos,
RG, certidão ou carteira profissional.
Não tinha sobrenome,
não tinha número, nem cidade natal.
Quase um bicho, dormia na rua sobre as notícias
e acordava na sarjeta, na calçada ou no lixo.
Os dentes, em intervalos,
mastigavam as migalhas do mundo,
as sobras do planeta.
Era soldado
das tropas dos famintos.
Os trapos — fardas dos miseráveis —
cobriam-lhe apenas o peito, a bunda e o pinto.
Sangrava de dia
o açoite do abandono.
Amigos? Só os cães
que o protegiam dos seres humanos.

Morreu
velho e abatido
depois de viver, todos os dias,
durante trinta e sete anos,
como se nunca tivesse existido.

Pontualidade

Seu coração
bate como relógio
desordenado

Atrasa
adianta
eu nunca sei
a hora de chegar

A solidão
sim
é pontual

Um Dia
para Jefferson De

Um dia,
o menino não tem
o que comer: é faminto.
Noutro, não tem
onde morar: é de rua.
Outro dia,
lhe falta família: é órfão.
Adiante,
trabalha numa usina
de carvão: é escravo.
Agora pouco,
com revólver na mão:
era príncipe;
pé na bola: rei.

Um dia inteiro
de uma vida
cabe dentro da eternidade

do menino.
Num dia,
nasce
vive
e morre.
Depois vira filme
nas mãos
de um outro menino
que o socorre.

Paz
(ETA mundo estranho...)

ETA mundo estranho,
tanta IRA, tanto ódio,
quando o que a MOSSAD
mesmo quer é dançar,
HEZBOLLAH.

CD, OLP,
deixe a música tocar.
Neste ONU,
vamos celebrar a vida
pois temos a FARC e o queijo
na mão, basta acreditar.

Não importa o LADEN
que você está.
AL-QAEDA tarde vamos nos
abraçar.
Solidão aos belicosos!

Quem USA e abusa
não merece CIA.
Vamos vigiar a paz
noite e dia,
para que não haja mais a guerra,
HAMAS!

Obs.: aprecie com moderação.

Ornitorrinco

Jamilton
nasceu no Pará
numa usina de carvão.
Como o pai — seu Vavá —
também começou aos seis
com uma pá na mão.
Cresceu sem vitaminas
cheirando fumaça
e inalando dioxinas.
A brasa
queima os sonhos
a pele
os pés
e as mãos.
Só não queima
o catarro preto
que sai do pulmão.
Aos onze

doente e mutilado
depois de tanto trabalhar
o menino churrasco
por invalidez
vai se aposentar.
Carne de segunda
este bicho
não tem pelo
não tem pena
só osso.
Os dedos
unidos pelo fogo
parecem uma pata.
Também pudera
ele é filho
de um animal estranho:
gente.

Oração dos Desesperados

Dói no povo a dor do universo
— chibata, faca, corte,
miséria e morte —
sob o olhar irônico
de um deus de gravata.

Uma dor que tem cor
escorre na pele e na boca se cala,
uma gente livre para o amor
mas com os pés fincados na senzala.

Dor que mata,
chaga que paralisa o mundo
e sob o olhar de um deus de gravata
— doença, fome, esgoto,
inferno profundo.

Dor que humilha e alimenta — cegueira,
trevas, violência, tiro no escuro,
pedaços de pau, lar sem muro,
paraíso do mal e castelos de madeira.

Oh, senhores! Oh, deuses das máquinas,
das teclas, das perdidas almas,
do destino e do coração!
Escutem o homem que nasce das lágrimas,
do suor, do sangue e do pranto!

— Escuta este canto
(Que lindo este povo!
Quilombo este povo!)
que vem a galope com voz de trovão!
Pois ele se apega nas armas
quando se cansa das páginas
do livro da oração.

Memorial das Almas

Tem alguém
apontando uma arma pra mim.
Estou na sua mira
e ele na minha.
Na trincheira,
seu coração conspira
contra o ódio que ele não tem
e a morte transpira pelos meus olhos
na espreita do além.
Não dispara,
eu também não.
Ele quer saber quem eu sou,
eu também.
Preciso ser rápido:
vai ser pela vida
ou vai ser pela glória?
É preciso ser rápido
— ser não é preciso —

e preciso ser.
Na pressa de me matar
(e sem ao menos perguntar o meu nome)
ele dispara primeiro.
Sem tempo para diplomacia
disparo depois.
A pólvora dentro da cápsula
percorre o ar procurando minha carcaça.
Inteligente, o projétil da minha arma
rastreia a sua desgraça.
Não há mais tempo pra desculpas estúpidas:
vamos morrer pela pátria,
virar estátuas.
Mas estátuas não movem pernas,
aprisionam a alma
que na guerra
é a primeira que deserta.

Consciência e Atitude

Que a pele escura
não seja escudo
para os covardes
que habitam na senzala
do silêncio.
Porque nascer negro é consequência.
Ser, é consciência.

A poesia
é o esconderijo
do açúcar
e da pólvora:
um doce
uma bomba
depende
de quem devora...

Ninguém tem o direito
de aprisionar um pensamento,
por mais vadio que ele seja.

Banquete Lírico

Ontem faminto
almocei um livro do Neruda
com molho lírico à Cecília,
bebi toda a poesia do Quintana
e, de sobremesa, Drummond — delícia!
Ainda belisquei uns sonetos do Vinicius
enquanto esperava o jantar, Clarice.

De nada adiantou:
a fome só fez aumentar.

O Poeta,
quando escreve,
embala a caneta
num eterno balé,
que desliza com graça
e desgraça
as coreografias do coração.

Cal Max

Max nasceu pobre.
Na verdade,
nasceu Maximiliano
da Silva Nobre.

Curtido na pedra
criou-se vidraça,
e como o pai
também era pintor,
mas nada de Picasso,
Van Gogh ou Portinari:
pintava parede, mansão,
muro e pé de árvore.
Não tinha sonhos,
mas se sonhasse,
seriam pretos
seriam brancos
cinzas de fato.

Morava em bairro comunista:
os vizinhos tinham em comum
a mesma miséria.
As mãos grossas
nunca fizeram carinho...
Pra ele? Frescura.
No enterro,
depois que caiu do andaime,
pouca gente
pouco choro
nenhuma madame.
Lembranças?
Só a última pá de cal...
Jaz.

Pétala Preta

Rosa
é uma mulher da pétala preta.
Mora num jardim
entre espinhos e violetas.
Linda, escreve poemas
com o azul da caneta.
Sem papas na língua
troca beijos com borboletas,
para o desespero do girassol
que se sente o dono do planeta.

Felicidade
(era um lugar...)

A Felicidade era um lugar estranho:
lá,
os meninos
após a chuva
comiam o arco-íris
e saíam coloridos pela rua
jogando futebol,
o futuro era decidido no par ou ímpar
e o passado
simplesmente
não existia.

Náufrago

Sebastião
nasceu longe do mar
distante das ondas.

Seco
não tinha
nem água pra chorar.

Cresceu
nau sem rumo
sem sair do lugar.

Sem prumo
com areia nos olhos
saiu por aí
sem saber navegar.

Mora
embaixo de uma ponte
e se cobre
com barquinho de papel
sem remo
sem saber nadar.

Os Souza

A família do seu Souza,
assim como ele,
nasceu em Pernambuco
no oco do sertão.
Lugar
que semente não nasce flor
e o broto não vive feijão.
Sem-terra,
sem-lar,
marcham pelo mundo
feito ciganos,
como aves de arribação.
Jogam sem o poder das cartas,
sem saber dos arcanos,
para a sorte do patrão.
Levam o lar pendurado nos ombros
e, de noite,
fincam seus sonhos no chão.

De manhã,
ao lado das sombras,
a vida muda de direção.
No ar,
seus filhos,
arcanjos do mundão,
voam pelos quintais
sem-ninho,
sem-paz,
de mala e cuia na mão.

Ultraman

No meu tempo de moleque
os monstros queriam dominar a Terra,
invadir mentes e corpos,
mas o Ultraman
dava cabo de todos eles.
Hoje,
os monstros
dominam o universo,
matam de fome,
de sede,
e escravizam os mais fracos.
Os heróis,
são todos bundas-moles.

A Cerca

Deus criou o homem
e o homem criou os muros
cercou as casas e as varandas
pelos quatro cantos do mundo

cercou o tempo
o passado
o presente
e o futuro

cercou o espaço
os sonhos
a mente
e os pássaros

cercou a árvore
que nos dá o fruto

a sombra
e a penumbra

cercou as matas
arou a terra
plantou o trigo
e cercou o pão.

Foi preciso cercar outro homem.

A maioria das pessoas
só percebe a luz do sol
quando é quase noite...

Aí, já é tarde demais.

A minha poesia,
apesar de pouca e rala,
cabe na tua boca
dentro da tua fala.

Apesar de leve e rouca,
chora em silêncio
mas nunca se cala.

E apesar da língua sem roupa,
não engole papel,
cospe bala!

Os Miseráveis

Vítor nasceu
no Jardim das Margaridas.
Erva daninha,
nunca teve primavera.
Cresceu sem pai,
sem mãe,
sem norte,
sem seta.
Pés no chão,
nunca teve bicicleta.
Hugo não nasceu, estreou.
Pele branquinha,
nunca teve inverno.
Tinha pai,
tinha mãe,
caderno
e fada madrinha.
Vítor virou ladrão,

Hugo salafrário.
Um roubava pro pão,
o outro, pra reforçar o salário.
Um usava capuz,
o outro, gravata.
Um roubava na luz,
o outro, em noite de serenata.
Um vivia de cativeiro,
o outro, de negócio.
Um não tinha amigo: parceiro.
O outro tinha sócio.
Retrato falado,
Vítor tinha a cara na notícia,
enquanto Hugo
fazia pose pra revista.
O da pólvora
apodrece penitente,
o da caneta
enriquece impunemente.
A um, só resta virar crente,
o outro, é candidato a presidente.

O Peregrino

No caminho do crer e não crer
vivo na dúvida do milagre;
entre as brumas da uva e do vinho
sou eu quem destila o vinagre;
caminho no chão em busca do céu
num fogo e água que não tem fim
porque não me esforço para acreditar em Deus,
esforço-me para que Deus acredite em mim.

A Casa do Poeta

O endereço do poeta
não se encontra no mapa,
não é à esquerda
nem à direita
a sua casa.

Longe de tudo
e no meio do nada,
ele tece seu papel
e vive do que lhe dão:
sopa de letrinhas
e pedaços de pão.

Dinheiro?
Ele tira do comércio
da sua pequena lojinha
de asas de aluguel...

Infância

A Infância
era um lugar sem palácios
mas encantado.

Lá, as meninas usavam
sapatinhos de cristal
e eram todas princesas.

Os meninos
calçavam chuteiras
e se transformavam em reis.

Seguiam assim, eternos...
sem deixar rastros,
pisavam nas nuvens.

Musa

Ai de mim,
quando tu passas
com teus lábios carnudos
fazendo pirraças.
Teus seios pequenos
apontados pra lua,
meus pelos eretos
te querendo nua.

Ai de mim,
que no cansaço da noite
te imagino em meus braços
atada nos beijos
solta em desejos
de afoita emoção.
Delírio de gozo
que esvazio na palma da mão.

Linhas Tortas

Passou a vida inteira
numa casa de madeira
emprestada pela miséria.

Um dia,
cheia de alegria artificial,
recebeu de um amigo
um pedaço de casa própria
bem no meio da cabeça.

Com a cabeça aberta
começou a duvidar de
Deus.

Beijo de Volta

Estou partindo
enquanto você dorme feito Cinderela
branca e linda
frágil como brilho de vela.
Levo comigo um beijo seu
que roubei durante a noite
no bocejo do seu sono
no açoite do seu abandono.
Deixei do meu rosto
uma lágrima pra você guardar
na úmida página
do livro do nosso olhar.
Vou discreto como a brisa
como boca de batom
na gola da camisa
que é beijo sem som
é beijo sem se tocar.

Prometo voltar com o vento
se no caminho do meu amor
encontrar seu pensamento
sem mágoa nem dor
sem temor de voltar.
Com a boca seca de saliva
em carne viva de saudade e cor
pedindo pra você molhar.
Então,
devolver o beijo que roubei
secar a lágrima que deixei
antes mesmo de você acordar.

Pássaro de Seda

A Pipa
é o pássaro de papel.
Está longe da gaiola,
mas tem a liberdade vigiada
pela linha do carretel.

Túnel do Tempo

Meu pai
tinha uma máquina do tempo.
Entrava nela e,
de repente, virava criança
e vinha brincar com a gente.
O duro
era que a máquina
estava quase sempre
quebrada.

Viagem

Quatro jovens
morreram na chacina
do fim da rua.
Conforme a notícia,
dois deles tinham passagem.
Os outros dois
foram assim mesmo...
clandestinamente.

Contramaré

tenho
passado meus dias
sambando
em plena tempestade

ciclones
anunciam minhas manhãs
e os furacões
decoram as tardes
que parecem noites

a lágrima
que afoga você
é o suor
acariciando minha face

no mar revolto
tudo

só
acontece
quando
você
nada

Um Sonho

Ontem
eu sonhei o teu sonho.
Sonhei que os soldados,
cantando e dançando,
libertando-se de todo mal,
surgiam de todos os lugares
para velar o funeral
de todo arsenal
das ogivas nucleares.
No sonho,
os homens não eram escravos
nem de si, nem dos outros,
tampouco das cores,
pois o dinheiro
havia sido morto
no combate com o amor.

As crianças,
cravo e canela,
dançavam com as flores,
como não tinham fome
caçavam estrelas
e quando cansadas
tornavam-se nelas!
Sonhei
que as mulheres e os homens
não tinham coisas, mas sentimentos,
e em sinal de alegria,
plantavam suas orações
não de mãos espalmadas,
mas de braços dados
com o milagre do dia.
E Deus — todo pequeno gesto de amor —
não frequentava igrejas,
livros ou estátuas,
apenas corações...

Ontem,
sonhei o teu sonho
sem saber que também era o meu.

Jorginho

Jorginho
ainda não nasceu,
tá escondido, com medo,
no ventre da mãe.
Quando chegar,
não vai encontrar pai
que saiu pra trabalhar
e nunca mais voltou
pra jantar.
No barraco em que vai morar
cabem dois,
mas é com dez
que vai ficar.
Sem ter o que mastigar,
nem leite pra beber,
vai ter a barriga inchada
mas sem nada pra cagar.

Não vai pra escola
não vai ler nem escrever,
vai cheirar cola
pedir esmola
pra sobreviver.
Não vai ter sossego
não vai brincar
não vai ter emprego,
vai camelar.
Menor carente,
vai ser infrator
com voto de louvor,
delinquente.
Não vai ter Páscoa
não vai ter Natal,
se for esperto, se mata
com o cordão umbilical.

Quisera eu
que minha solidão
fosse adúltera...

Este Ser Mulher

Nas primícias
do ventre postado na costela
deixou bela a esfera
a rosa frágil da malícia
que não tardou a dominar a fera
que com olhos de polícia
fingia ser dono dela.

Quem seria um ser
não fosse esse ser
frágil
somente
no momento de ser bela?

Belo seria esse ser
se não tentasse
ser forte
no momento
em que mais precisa dela.

Poeminha da Saudade

Hoje
não posso ir
à casa do meu amor.
Vou mandar um dos meus poemas
— aquele com asas de condor —
voando visitá-la.
Um que tenha a boca grande,
com o céu todo estrelado,
que na certa vai beijá-la.
Um que tenha as mãos macias,
que teça carinhos
para que possa acariciá-la.
Quem sabe
um poema do meu corpo,
— demorado e louco —
daqueles que fogem
ao controle da calma
e viajam pelo universo

como estrelas sem alma.
Um dos meus poemas
talhados pelo vento,
que penteiam cabelos
e rodopiam sentimentos.
Um poema de calças-curtas,
desses bem moleque — traquina —
que andam lépidos pelas ruas
roubando beijos das meninas.
Um poeminha qualquer,
pequenininho, mas com sinceridade,
desses mimados
que dormem no colo
e choram quando sentem saudade.

Metamorfose

Para se transformar num verme
cometa injustiças,
ou então,
aceite-as.

Fanatismo

O fanático
é como o fósforo:
alienado dentro da caixa,
serve a qualquer
causa incendiária.

No orfanato,
as crianças
pedem esmolas
com os braços
abertos.

Eu planto o trigo
para colher o pão.
Sou pássaro
que recusa migalhas.

Aristeu, Otorrino

Ari era dono de uma boca pequena
e de um olho bem grande.
Zeca era dono de uma boca grande,
falava pelos cotovelos,
mas não ouvia direito.
Então Ari
meteu-lhe uma pernada
bem no meio da cara.
Sem dentes pra cuspir,
Zeca perdeu a cabeça.
Com duas bocas
Ari trata melhor
do nariz alheio.

Poemas assassinos
são feitos para matar o tempo.

Os poetas sabem
mas não fazem nada.

São cúmplices.

No final do arco-íris
tem um pote de ouro.
No começo, um tolo.

Dona Xepa

Dona Ana é laranja,
come restos da feira.
Acorda cedo, senão
não resta nada.
Fosse ela,
buscava no pé.

Farrapos
(gente feliz)

O Homem sorrindo
sobe no morro
acena pra foto
pega no feto
pede o voto.
Desce de costas
esquece o fato
foge da bosta.
Chuta o saco
cospe no prato
xinga o feio
bate no fraco,
que bate na bola
bebe cachaça
samba na festa
trepa na ripa

enseba no trapo
que cobre as tripas
de quem dorme em barraco.
Triste fiapo
canta contente
no fundo do prato
a fome da gente.

Bala Perdida

Um homem
caído sobre as garrafas
guardava na memória
uma bala.
O garoto
com o olhar caído sobre o homem
guardava na memória
a primeira vala.

Insônia

Sônia
tem o sono frágil,
acorda com o barulho dos meus sonhos.
Mariana
dorme com anjos,
não escuta nada.
Eu
durmo com os olhos abertos,
sou coruja.

Curvas Obscenas

Beijei teu rasgo
exposto à face
cravejado de milhos
estourados na gengiva.

Fartei-me de saliva,
como o pão
que devora o trigo.

Nutri meus olhos
com tuas pernas
tesouras cortando o vento
retalhando formas no espaço.

Trafeguei pelo teu corpo,
curvas obscenas
molhadas de suor,

derrapando meus desejos
para em teus braços
morrer de amor.

Feliz Natal

É nossa a festa
(que era dia do criador):
mesa farta,
mesa falta,
é nossa hora
de esquecer a dor.

A hora é de luz:
as estrelas no céu
são o lustre do teto
que a todos seduz.

A hora é de festa:
mas outros meninos,
de outras manjedouras,
carregam sinos pequeninos
em usinas e lavouras.

A hora é de festa
na casa do patrão
e na casa do empregado:
numa, Jesus não se manifesta;
na outra, não foi convidado.

De todos os hinos entoados em louvor
às revoluções nos campos de batalhas
nenhum,
por mais belo que seja,
tem a força das canções de ninar
cantada no colo das mães.

Omissão

No silêncio da noite,
um grito.

No grito da noite,
o silêncio.

Madalena

Madalena
trabalha num fast-food
na rua Augusta
pra ganhar a vida.

Sem tempero,
sem beijo,
ela é a comida.

Entre o ventre
e o parceiro,
o falso desejo:
assim ela é servida.

Inimigo Íntimo

Eu sou
meu maior inimigo.
Quando
estou quieto
me provoco,
me soco,
é comigo que eu brigo.

Inferninho

Era um lugar estranho
não tinha asfalto
aliás, não tinha rua
pra sola do sapato,
não tinha jornal
mas fabricava notícia,
não tinha cozinha
tinha panela
mas não tinha comida,
não tinha luz
nem tinha água,
não havia número
na porta das casas.

Era um lugar estranho,
medonho, doente,
não tinha nada
só gente.

Perna de pau

Era um atacante medíocre.
Vivia na zaga,
defendendo-se das críticas.

Pé de moleque

pé de moleque
precisa de meia
senão
dá chulé
frieira

Pé de pato

Bruno
matou a mãe
matou o pai
os irmãos
os avós
os vizinhos.

Matou
todo mundo de saudade
quando foi pra faculdade.

Sabe quando sei que estou te
amando?

É quando alguém me pergunta
como eu estou,
e eu respondo que você está bem.

Seu Firmino
não tinha dentes.
Em compensação,
não tinha nada pra comer.
Boca maldita!

Eu te Amo

O que eu tenho pra te falar
não é de comer
mas devora a carne
não é de beber
mas é de embriagar
não se deve ouvir
nem se calar
nem sorrir
nem gargalhar
não é sobre o fogo
mas queima como o inferno
não se diz com a boca
se diz com a pele
não é sobre a morte
nem sobre a vida
é sobre a eternidade...
não é proibido nem permitido
não é calor nem neve

não é beijo partido nem carícia de leve
não é sobre o agora
nem é infinito
ora dura um século
ora dura um ano
mas se diz apenas num segundo:
eu te amo.

Taboão da Serra

Dorme Taboão,
tranquila nos braços do universo,
recostada sobre o dorso das serras.
À noite,
numa velocidade lunar,
a América Latina rasga teu coração
como num romance breve
(amar e despedir),
e parte para outros braços.
A lua,
ausente e abstrata,
vela o passado
para o futuro despertar.
Enquanto isso, os poetas,
paladinos da madrugada,
riscam palavras luminosas
no asfalto vazio
pra quando a cidade acordar.

Sua ausência
não me tira a fome,
mas a sua presença
aumenta meu apetite.

Vingança

A vingança
tem seu lado bom,
se usada como convém.
Por exemplo:
se alguém disser que te ama,
vingue-se dele,
ame-o também.

Proibido

de andar sobre a água,

agora ele nada na terra.

A Guerra dos Botões

Permito-me sonhar
vendo soldados plantados nas trincheiras
descansando sob as sombras
de um enorme cogumelo de pétalas
explodindo no céu.

A primavera
invadindo campos minados
com suas guerreiras margaridas
fardadas pela seda pura da manhã
marchando para um novo dia.

E os senhores da guerra
aguardando ansiosos
o momento de apertar seus botões...
Lindos botões de rosa
estampados na lapela!

Quando te Vi

A primeira vez
que te vi
só consegui
falar teu nome
porque
não te beijei
com a boca
e sim com os olhos

Pareça
com o que você acredita.
Se não consegue,
medita.

Ser Poeta
não é escrever poemas,
é ser poesia.

Ruas Selvagens

Na rua de cima
moravam os inimigos,
na de baixo
os metidinhos.

Na seis
os folgados,
na doze
os mocinhos.

Eram tempos violentos,
os homens
cuspiam primeiro.

A Inveja

A inveja
é um sentimento profundo.
Tão profundo,
que é preciso estar
no fundo do poço
da incapacidade humana para senti-la.

Romeu e Julieta

Romeu era cego,
mas quando conheceu Julieta
foi amor à primeira vista.
Julieta enxergava bem,
mas ficou cega de amor
quando viu Romeu.
Nos becos e vielas
não se fala de outra coisa:
a história de Shakespeare
na versão da favela.
Ah, as famílias — que eram contra —,
se mataram com o veneno
da inveja.

Sabotage
(o invasor)

Mauro
era um negro de asas,
um pássaro
com os pés no chão.
Som de ébano
com pele de couro,
o mouro fez ninho no Canão.
O passado,
que o futuro queria
escrito em carvão,
deixou de ser pó
pra ser pão
ao se viciar em poesia.
O poeta,
de plumas negras
e voz de pedra,
cravou seu canto
preto e branco

nas vidraças
do mundo colorido.
Filho banto
em carne e carcaça,
serviu a taça
com vidro moído
aos traidores da raça.
Navegante
de mares insolentes,
sua bússola
apontava sempre para a periferia.
A rima era o rumo,
o remo da sina.
No ar,
como fumaça de fumo
e vermelha retina,
era frio,
era quente,
mas nunca banho-maria.
Um dia,
num voo curto
depois de um longa-metragem,
um disparo sem rosto,
uma bala sem gosto,
calou o personagem.
Diante disso
e sem nos esperar,
desfez o compromisso,
seguiu de viagem
e foi cantar em outro lugar,
num bom lugar.

Renilda de seu Francisco

Renilda
já nasceu mulher.
Ainda menina
era prostituída
pra matar a fome,
pra não ser lixo,
sina?
Não tinha registro,
não tinha nome,
era a filha de seu Francisco.
Um dia,
desses sem dores,
sonhou ser artista de televisão:
Glória, Fernanda ou Regina,
ser estrela.
Mas,
de volta às dores,
podia ser vista

maltratando a vagina,
longe das telas
ao vivo e a cores,
em todas as vielas
onde tivesse um colchão.
Doente,
morreu virgem,
sem nunca ter amado.
Morreu seca,
sem nunca ter gozado.
Foda-se.

Receita Para um Novo Dia

Pegue um litro de otimismo,
duas lágrimas — de preferência
escorridas no passado.
Duas colheres de muita luta
e sonhos à vontade.
Duzentos gramas de presente
e meio quilo de futuro.
Pegue a solidão, descasque-a toda
e jogue fora a semente.
Coloque tudo dentro do peito
e acenda no fogo brando das manhãs de sol.
Mexa com muito entusiasmo.
Ao ferver, não esqueça de colocar
uma dose de esperança
e várias gotas de liberdade.
Sorrisos largos e abraços apertados
para dar um gosto especial.

Quando pronto,
assim que os olhos começarem a brilhar,
sirva-o de braços abertos.

Quintal

Meninos de rua
dormem na calçada fria
do quintal da sociedade.
Sob a lua,
sempre cabe mais um:
a casa é grande,
a casa é muito grande.

Amigo

Quinho
era um cão vira-lata,
que morava na favela
do Jardim Guarujá.
Educado,
só latia o necessário,
não mordia crianças,
era contra qualquer
tipo de violência.
Pra ser gente
só faltava falar,
e a gente,
pra ser cachorro,
só faltava escutar.

Procura-se

Além do dicionário,
homens e mulheres
estão sendo atacados
pela violência desmedida
de algumas palavras.
"Não há vagas", por exemplo,
já fez várias vítimas.
Ataca pelas manhãs,
sem dó nem piedade,
na porta das fábricas.
Líder da quadrilha
do vernáculo,
ela anda por aí, livre,
sem ser incomodada pela lei.

Ócio Duro de Roer

Por conta dos dias de paz
o ócio tem me consumido,
cai-me bem um pouco de manteiga
pra comer com pão dormido.

Não faço poesia,
jogo futebol de várzea
no papel.

Nada a Declarar

Não tenho poemas
e a folha de papel
me encara com cara
de agiota.
Ninguém espera
esse poema que não nasce,
então por que a pressa?
Não há palavras
e o vento
segue seu curso sem envelhecer.
A morte do poeta
não é necessária,
mas também não é o fim de tudo.
O leitor sem poesia
que procure outra sarna
pra se consumir.

Língua

Mil bocas
para todas as línguas.
Mil pátrias sem medo
e a fome sem voz.
Mil e uma noites
de tristezas vencidas.
Mil povos
e fronteiras desguarnecidas.
Mil latins,
mil gregos,
cem americanos.
Nenhuma língua presa
num universo sem pregos
e sem cruz na saliva.
Mil bocas,
uma língua,
um povo,
uma só mãe,
para bilhões de *hermanos*.

Feliz ano, novo!
Feliz ano, velho!
Todo ano
é tudo velho de novo...

Juju Carabina

Não acredito em bruxas
nem acredito em duendes,
mas conheço uma menina
que come cristais
e boceja estrelas.

Ela planeja o sorriso
como quem maneja
uma vara de condão.

A porta dos olhos
— sempre aberta —
é para levá-la a outros
planos astrais.

Satélite
com asas de borboletas,
ela navega pelo universo

lépida como um poema
que acaba de acordar.

Mas o que quer a espoleta
é o verso encabular,
desarrumar os teoremas
só pra gravitar
na órbita dos mortais.

No mundo da lua,
todos conhecem essa fada traquina
que encarnou na plenitude
a sua alma de menina
para a infinitude
dos seus ancestrais.

Por aqui,
é comum vê-la
quando despenca das nuvens
dando nome às flores
ou simplesmente
regando sonhos nos quintais.

Fé

Sei de poucos
que realmente
acreditam em Deus.
A maioria
acredita que é.

Espermatozoides

Hitler
Gandhi
Idi Amin
Nelson Mandela
Imelda Marcos
Irmã Dulce
Pinochet
Pablo Neruda
Médici
Chico Buarque
Bush
Fidel Castro
Rosane Collor
Fernanda Montenegro
Napoleão
John Lennon
Saddam Hussein
Raul Seixas

Baby Doc
Charlie Chaplin
Zumbi dos Palmares
William Simmons.

Meu Deus,
como os espermatozoides
são contraditórios!

Amanhecer

... deixe o sol
secar as lágrimas das suas dúvidas
para que possa tragar
o lume das estrelas
que ostenta na escuridão

sorria
para delírio das sombras
espalhadas pelo vento
ao longo do caminho

só então entenderá
o porquê do brilho...

De Quatro Estações

Ao entardecer,
o outono descansa
no dorso alegre do verão.

As flores,
doentes de afagos,
assistem ao passeio triste
das sombras que se espalham
tímidas pelo chão.

O outono,
carente de folhas,
flerta com a rosa —
filha caçula da primavera.

Alheio a tudo,
um espinho troca beijos
com uma borboleta.

Cotidiano

O destino é o jogo dos deuses.
Sabendo disso,
o peão montou no cavalo
subiu na torre
e sequestrou a rainha
na frente do bispo
para surpresa do rei
que se distraía
numa partida de dominó,
quando tudo isso acontecia.

Cinzas

No incêndio na favela
Dirce perdeu tudo que tinha,
mas o que ela não tinha
é o que mais faz falta pra ela...

Conta Comigo

Conta comigo
quando a noite chegar
às escuras,
à minha procura
não vai ficar:
no labirinto
sou eu que te sinto
eu vou te encontrar.

Conta comigo
se o teu rio secar
à míngua
tua língua não vai ficar:
se tua fonte seca
tua boca resseca
então sou água
pra te molhar.

Conta comigo
se o bem se calar:
esconda teu segredo
guarda teu medo
com a chave do meu olhar.
Sobre o mal também sei:
se precisar sou fora da lei
mas o meu coração
já quer se entregar.

Conta comigo
quando a asa quebrar
fique quieta contigo
eu sou teu amigo:
eu voo em teu lugar.

Caminho Suave

Rosenda
não conhecia as letras.
Com enxada
em vez de caneta
passou a vida na fazenda,
na roça.
Mas aos setenta,
apesar da pele trêmula,
sua vida ainda coça.
E antes do ponto final,
quis aprender
as consoantes
e vogar pelas vogais.
Um dia
tateando a cartilha,
depois de tatear o solo,
queria Deus entender:
"Por que havia tanto pra ver
e ela só com dois olhos?".

Brilho

Enquanto
você se observa
parado no lugar
o vento rouba seu tempo
que perdeu
contando passos
que teve medo de dar.
Passa outro em movimento
percebe escura sua noite
e brilha em seu lugar.

Brasinhas do Espaço

Eram criaturas
de um planeta imaginário.
Herméticos neste mundo,
todos se chamavam Speed Racer
e falavam uma língua estranha
que os adultos não entendiam.
Vorazes,
alimentavam-se de sonhos,
liberdade,
vento,
de Ki-suco e pão com mortadela.
Esses monstrinhos
queriam dominar a Terra.
Chegavam aos montes,
descendo ladeiras,
pilotando naves exóticas
feitas de tábua de compensado

e rodinhas de rolimã.
Não fosse o tempo
teriam dominado o universo.

Brasil

Não terás um país
se o teu estado de espírito
permanecer no município
dos teus sonhos.

Blues das Estrelas

Messias mora na rua,
apesar de ter construído
todas as casas do bairro.
Gole por gole,
tijolo por tijolo,
ele foi desconstruindo a sua.
Numa gaita velha
ele esconde a solidão.
Sem telhado,
quando a chuva não vem,
as estrelas lhe fazem companhia.
E é só.

Bengalas e Muletas

Um cego
com o polegar sujo
recebe o RG

Vê a letra **A**
e não entende nada
olha a letra **N**
com desconfiança
e esbarra novamente
na letra **A**
indignado
tateia a letra **L**
triste
como é **F**
não enxergar
sem óculos
tropeça de novo
na letra **A**

no dorso da letra **B**
E pensou em se matar
na letra **T**
com o nó da letra **O**.

Aleijados,
tiramos de letra
ao darmos as costas.

Bênção

Hoje,
Dalmo
é pastor da igreja do universo.
Mas,
antes do divino chamar
foi bandido muito perigoso.
Roubou,
matou e
gaba-se
de nunca ter sido preso.
Diz que sempre
foi abençoado por Deus.
Já as suas vítimas,
sempre comeram o pão
que o diabo amassou.

Aquarela

Crianças
são negras
brancas
rosas
e marrons.

Têm olhos
verdes
castanhos
claros
escuros
pretos
e azuis.

Por isso,
mesmo com o futuro
em preto e branco,

para elas
as ruas
são sempre
coloridas.

Ao Mestre, a Flor

Adubar a terra
com números e letras
asas e poemas
para colher lírios
cravos e alfazemas

Agricultor
o bom mestre sabe
que espinhos
e pétalas
fazem parte
da primavera

porque ensinar
é regar a semente
sem afogar a flor

Anjo Torto

Ao longo do tempo
tenho descoberto em você
a vontade de viver.
Soprado aos seus ouvidos
todas as minhas verdades.
Devorado cada momento
com fome de liberdade.

Troquei minhas raízes
por duas asas invisíveis,
e tenho voado ao seu redor
como um anjo irresponsável,
não para velar o seu sono
mas para assistir o seu despertar.

Acordar

Todo dia
toco minha canção para os surdos
e para os intrusos do meu coração.

Solto meu poema
para os olhos curtos,
de longa duração,
e mudo se faz o problema.

A selva me espera
e, ingênuo,
reúno meu exército
para batalhas que se travam nas sombras.

O peito em chamas
chamusca os desavisados
e a brasa tosta os dormentes

que se recusam ao refrão
"Que sono é esse?".

Domador de dias cinzentos,
cutuco as feras
com moinhos de ventos
e com as varas curtas
desafio o firmamento.

À caça,
lambedor de feridas!
Porque a fera que dorme em você
deita no seu pensamento
e você pode ser a comida.

A Última Dose

Só depois do último copo
de carregar a última cruz
de discutir o único voto
e de apagar a última luz.

Só depois da saideira
da última canção
de arrancar a última nota
da carteira e do violão.

Só depois da última dose
de sorrir o último sarro
e de amargar a última cirrose.

Só depois do último gol
de sambar com a única dama
ser tema do último show
e de pendurar a última Brahma.

Só depois de extorquir a última graça
de relembrar a última festa
de esquecer a última desgraça
e de esperar pela próxima sexta.

Só depois de cerrar a última porta
de trançar numa única perna
de girar os olhos na última volta
e de beijar a última brasa,

é que eu vou me perguntar
se estou indo pra casa
ou se estou saindo do lar.

Segredos Noturnos

a noite
guarda meus segredos
meus medos,
e um restinho de dúvida
que ainda não me furtaram

sob o cárcere da escuridão
minha poesia
trafega pela madrugada
tecendo sombras miúdas
para o abrigo da solidão

à noite
as estrelas
funcionárias públicas do universo
iluminam o sono operário
das formigas mal remuneradas
que trazem na garganta

um nó de silêncio rouco
que não se rompe
na alvorada

o verso que não se ajoelha
ante a noite calada
não dorme na seda
deita na espinha
da rosa molhada

os vira-latas
que roem o osso
ladram o bife alheio
que farta no pescoço
da mulher que dorme
com o dono da carrocinha

um gato
de pelo macio
de gravata e paletó
mais parece um vampiro
na jugular da rapaziada
sugando sem dó
o dinheiro das sete vidas
que aposta na madrugada

uma lua
à míngua no horizonte
é hostil ao falso poeta
que renuncia ao poema pobre
pra dormir
com a rima rica

que cobra uma fortuna
pra gozar

o herói
das causas breves
descansa sua covardia
num travesseiro
que o condena por cada
vítima que ele finge ajudar

os parasitas
se escondem atrás da simpatia
e bebem no mesmo copo
em que cospem
o discurso do bom amigo

as prostitutas
já não precisam mentir
se o dinheiro é verdadeiro
o amor também é

e nada é mais claro
que o negrume das horas

a insônia
é refém da consciência
e a azia
precisa sempre de um cigarro
para alimentar a nicotina

o bar aberto
faz todo sentido
pra quem não sente mais nada

ao sair
deixe a luz acesa
à noite
é quando o dia
já não enxerga mais nada

Barbie

Patrícia nasceu
num desses casebres
que se equilibram em barrancos.
Família pequena,
só a mãe, dona Odete
e o pai, seu Antônio.
O sonho de Pati
era ter uma boneca,
mas não uma qualquer;
na verdade, uma Barbie.
Sempre quis uma filha
para brincar de casinha,
mas a boneca
que na TV ela via
não fazia parte de sua família.
Mamãe,
com varizes e estrias,
andava o dia inteiro

com saco de lixeiro
à procura de latinha.
Papai,
para ajudar na comidinha,
catava papel
e não tinha dinheiro
para comprar a bonequinha.
Noel,
o da barba branquinha,
voava o mundo inteiro
mas não lhe fazia uma visitinha.
Aos treze
romperam-lhe o hímen,
não de mentirinha,
mas de forma bruta
sem fazer cosquinha.
Agora
tem uma linda menininha,
com quem pode morar
e brincar de casinha.

Coisas da Vida
(terra em transe)

Hoje
eu vi uma criança acordada
comendo pão dormido.
Um homem desempregado
empregando uma arma.
Uma mulher vestida em trapos
lavando roupa cara.
Um policial desalmado
separando um corpo da alma.
Uma menina desnutrida
com a barriga cheia.
Uma bala perdida
procurando uma veia.
Senhoras de joelhos
andando sem destino.
Velhos com olhos vermelhos
chorando como meninos.

Poetas loucos
cuspindo razão.
Anjos e demônios
na mesma religião.
A miséria na coleira da fartura,
a vida fácil
às custas da vida dura.
Gente sorrindo
com o coração em pranto.
Surdos ouvindo
a canção dos falsos santos.
Vi mãos calejadas
beijando mãos macias,
José nas enxadas
no cabo delas, Maria.
Com mansos olhos de fel
e a boca dura de fera
vi um país no céu
e o inferno na Terra.

João Cândido
(a chibata da revolta)

João
nasceu Cândido,
mas de cândido não tinha nada.
Seu corpo
teve a bênção do sul,
o coração
sobre o mar azul
veio da África.

Ainda moleque,
descobriu que era galo de rinha:
o negrinho sem breque,
sem vento e sem leque
teve aos seus pés a Marinha.

No barco da morte
encontrou o destino dos pais:
um tronco no sul

outro no norte,
assim era o Bahia
e o navio Minas Gerais —
era chicote no almoço,
açoite na janta,
os negros no calabouço,
os brancos por cima da prancha.

Mas nem toda dor é perene
ou se vai com as marés:
a mão negra
conspirou contra o leme
e a revolta surgiu do convés —
ao som das trombetas,
os marujos de baionetas
tomaram os cascos
onde era servido água com pão,
onde rugia o som do carrasco
e grito de capitão.

Nesse dia só se ouvia
a voz do porão
o rufar dos tambores
de couro e de lata
de todas as dores
por todas as datas
ao som de canhão
ou em doce serenata:
vão contar a história
de João,
um negro almirante
que ultrajou a chibata.

Mãos & Pedras

Filho de português
e Isabel (mulher da escravidão)
na terra do ouro
Antônio Francisco Lisboa
nasceu pedra-sabão.
Ninguém sabe o dia
do século dezoito
que esse negro afoito
ao mundo surgia.
As mãos,
livres da senzala,
arrancaram do silêncio
estátuas que falam.
E as pedras
— que o preconceito atirava —
sangravam na testa do país,
mas o mulato valente
plantou sua semente

na igreja São Francisco de Assis.
Em Ouro Preto,
o negro pobre
deixou a Vila mais Rica
e Mariana mais nobre.
Maestro,
martelo na mão
em vez de batuta,
tirou som das pedras
afinou a rocha bruta.
Doente,
sem os dedos das mãos,
o operário da alma
seguiu esculpindo a história
e a doença esculpindo-lhe o corpo.
Apesar da ironia,
do atraso da glória
e do mal que sofria,
foi dando nomes à emoção:
Daniel, Oseias ou Abdias,
o pai dos profetas
foi deixando seu rastro
nas pedras da paixão.

Maria das Dores

Filha de Saturnina,
Maria nasceu em Ladainha
no intestino de Minas
quase Bahia.
O nome Maria
quem deu foi o pai,
seu Firmino.
Das Dores,
sobrenome da agonia,
quem lhe deu
foi o destino.
Na cidade grande
vendeu cosméticos,
roupas e sapatos.
Varreu chão, lavou pratos,
mas nunca foi domesticada.
Sorria

por desobediência,
por falta de instrução.
Por alegria?
Só se fosse descuido do coração.
Sob o disfarce
de Mulher Maravilha
morreu sem avisar,
frágil,
mas sem implorar.
Feito flor que rasteja,
mas que a primavera
não pode humilhar.

Miltinho

Nasceu
Jéferson Antunes Cosme,
assim constava na certidão.
No primeiro prontuário da polícia
já tinha mudado de nome,
era vulgo Miltinho, ladrão.
Era 157, 171, 12 e tudo mais,
tantos números
e nem sequer sabia matemática.
Sabia todos os artigos,
mas nada de português.
Filho de pai desconhecido,
aprendeu tudo na prática.
Tinha mãos leves
e a consciência pesada.
Dedo mole,
coração duro.

Olhos claros,
caminhos escuros.
Só sentia luz
nas sombras.
Ódio, calibre 38.
Sabia matar,
sem morrer de medo.
Riso econômico
choro alheio, farto.
No coração
quatro sólidas paredes,
sem chaves, sem túneis.
Heróis de verdade?
Só Oxalá e Lampião.
Viciado em alta velocidade,
chegou cedo no céu,
cravejado de balas
dentro de um carro importado.
A mãe,
no velório,
sóbria,
chorava feito criança,
chorava feito mãe.

Pra Sempre

Cadê o menino?
É, o moleque de calças curtas
que agora pouco corria
sem destino por aqui?
Você não viu?
Mas ele passou bem diante dos teus olhos,
quase te derrubou
tamanha bagunça que fez no teu coração.
E a menina?
Como "Que menina?",
aquela com tranças enormes
arrastando pelo chão uma bonequinha.
Passou chupando o dedo
pulando de pé em pé
jogando amarelinha.
O menino,
onde se escondeu o menino?

É, este barco sem rumo
que te fez embarcação?
O traquina serelepe
passou com uma pipa na mão:
"Manda busca! Manda busca!"
e a linha de cerol
quase corta teu braço,
quase arranca o sol,
viu não?
A menina, está vendo ela?
Como "Qual?",
aquela ruiva de sarda
pintada de lápis de cera,
ou a negra com dentes de estrela
no balanço da lua, tanto faz...
Não viu nenhuma delas?
Desataram na tua ladeira
zombando das tuas rugas,
das fugas que ficaram pra trás.
Está sentindo o mundo parar
e o tempo que não almejo?
Lá, no silêncio do universo,
sem passado nem presente,
eles se encontram pra seu primeiro beijo.
Pode vê-los jurando amor eterno?
Não?
Que pena.
Estão diante dos teus olhos
fazendo bagunça no teu coração.

Irmãos Guerreiros
de Angola

No Brasil,
a África escorre na pele,
nos olhos, na alma e nos pés
desse povo que vive
nesse quilombo chamado periferia.
A dança,
que a luta disfarça,
tem na alma a mesma sintonia
das mãos espalmadas
de mestre Bimba e Pastinha,
maestros da sinfonia.
Canta Zumbi,
os extintos navios de além-mar,
que Palmares crava seu canto
nos corpos retintos
da corda-solo do berimbau.
Não muito longe daqui,

os irmãos guerreiros de Angola
giram no compasso da história
que nem Rui Barbosa foi capaz de apagar.

Liberdade

Eu pude ver os pássaros
em sua plenitude deslumbrante

como estrelas ciganas
voando pelo céu...

Depois de beber este brilho
sou capaz de profetizar

que o homem só não voa
porque não aprendeu a andar.

Enquanto eles capitalizam a realidade
eu socializo meus sonhos.

Despedida

Pai

Faltam-me palavras,
a lâmina do medo
percorre minha garganta,
tenho medo de soprá-las
e manchar meu corpo de sangue

... sigo sem nome.

Falta-me luz,
e a sombra em círculos
escorre em meu caminho de pedras
que se amontoam em minha frente,
tenho medo de topá-las
no escuro do deserto
e cair em braços diferentes

... sigo sem rumo.

Faltam-me gestos,
o silêncio do corpo
devora minha alma,
a calma manifesta
em braços pálidos
em passos curtos,
tenho receio de dançar
no sustenido mortal desta orquestra
regida pelo labirinto da vida

... sigo imóvel.

Falta-me alegria,
o espinho das lágrimas
espeta minha face
falida de afagos
e a adaga triste da solidão
fere meus lábios
e com a ferrugem do meu beijo
tenho medo de contaminar a multidão

... sigo triste.

Agora me falta ar
— Adeus.

Sérgio Vaz é poeta da periferia e agitador cultural. Mora em Taboão da Serra (Grande São Paulo) e é presença ativa nas comunidades do Brasil. É criador da Cooperifa (Cooperativa Cultural da Periferia) e um dos criadores do Sarau da Cooperifa, evento que transformou um bar da periferia de São Paulo em centro cultural e que semanalmente reúne muitas pessoas para ouvir e falar poesia. A movimentação ganhou respeito e reconhecimento da comunidade e, também já há muito tempo, reverberou para fora dela. Sérgio Vaz já recebeu os prêmios Trip Transformadores, Orilaxé, Heróis Invisíveis, Governador do Estado 2011 em três categorias e, em 2009, foi eleito pela revista *Época* uma das 100 pessoas mais influentes do Brasil. Já publicou oito livros, dentre eles *Literatura, pão e poesia* (2011), *Flores de alvenaria* (2016) e *Flores da batalha* (2023), pela Global Editora.

Conheça outras obras do autor publicadas pela Global Editora

Flores de alvenaria

Como poeta e morador da periferia, Sérgio Vaz sabe transmitir a alma das ruas. Nessa obra, o autor nos lança nas calçadas do subúrbio e descortina um universo muitas vezes invisível por meio de textos, ora em verso, ora em prosa, sobre os mais variados temas: educação, negritude, liberdade, sexo, empatia. Vaz relembra a situação da periferia em outras épocas e traz poemas declamados na Cooperifa.

Flores da batalha

Na apresentação deste livro, Emicida destaca que os versos do poeta são impactantes, "um soco" nas contradições da vida, "eletrochoques que nos levantam das cadeiras".

Sua poesia retrata o invisível. Segundo Emicida, nesta produção mais recente, o autor insiste em presentear o mundo com flores, seres teimosos que persistem em doar beleza, mesmo em meio ao lodo.